PETITE LETTRE

SUR

UNE GRANDE

SATIRE

LITTÉRAIRE, MORALE ET POLITIQUE,

De Joseph DESPAZE.

À PARIS,

chez Madame DÉJOUR, Libraire, près le
Théâtre Français.

Et chez les Marchands de Nouveautés.

Fructidor an 9.

PETITE LETTRE

SUR

UNE GRANDE SATIRE

de Joseph DESPAZE.

Vous avez eu la bonté, monsieur, de me faire parvenir la nouvelle satire de M. Joseph Despaze, et de m'y faire remarquer un vers dans lequel vous semblez croire que je suis maltraité. Je dois vous remercier de votre attention, et je profite de l'occasion pour m'entretenir avec vous pendant quelques minutes sur ce chef-d'œuvre nouveau.

Je vois que M. Despaze dit : que j'ai lancé contre lui une brochure pesante. Je n'aurois rien compris au texte, sans le commentaire placé dans des notes en prose qui accompagnent les vers. Il s'agit d'un petit écrit d'une douzaine de pages, fait à la campagne, sans aucune mauvaise intention, et dans lequel on a trouvé des louanges même exagérées pour le satirique

A

naissant. J'en eus connoissance dans le tems,
et je viens de le relire : il ne s'y trouve pas
un seul mot offensant ; ainsi la variante (ce qui
en valoit bien la peine) dans laquelle il dit
qu'on lui prodigua l'injure, est dénuée de
vérité.

Il trouve cette brochure, ou plutôt cette
feuille volante, d'un grand poids. Chacun a le
sien ; et si on en croit beaucoup de gens, toutes
les œuvres de M. Despaze sont très-légères,
parce qu'elles sont sèches. Au reste, dans ce
petit écrit, au lieu de *prodiguer l'injure*, on
donne des éloges dont M. Despaze paroît ne
plus se soucier, et on n'a eu d'autre but que de
ramener dans une route plus honnête, un
homme qui ne cherchoit que le bruit, et qui
se permettoit d'aussi étranges incartades, sans
avoir consulté les personnes qui s'intéressoient
à lui.

M. l'abbé Sicard, de l'aveu même de l'auteur,
lui a donné les mêmes conseils ; mais au lieu
d'être soumis à la voix de son précepteur, il
lui dédie une nouvelle satire, pire que les précédentes. Cette conduite doit donner à ce der-
nier une grande idée de la vertu de ses pré-
ceptes ! Mais elle prouve évidemment que la
rage qui survient quelquefois aux poëtes *rabies*

vatum, a saisi notre homme, et que le ciel peut seul opérer sa guérison. Un sage qu'il respecte, lui demande le silence; il se met à jaser de plus belle, comme Margot la pie, à tort et à travers, et il lui dédie des vers qui ne finissent plus. (1)

———————————

(1) Cette lettre étoit parvenue à son adresse, lorsque M. l'abbé Sicard a fait insérer dans le Journal de Paris, une lettre écrite à M. Despaze. La voici : elle n'a pas besoin de commentaire.

« J'arrive de la campagne, mon bon ami, et je
» trouve sur mon bureau votre cinquième satire,
» que vous m'avez fait l'*honneur* de m'adresser.

» Je vous avois expressément recommandé de
» supprimer tout ce qui regardoit un célèbre lit-
» térateur qui m'honore de son estime. Je n'avois
» agréé qu'à cette condition le témoignage que
» vous vouliez me donner de votre ancien atta-
» chement pour moi, et vous ne l'avez pas rem-
» pli. Je ne peux m'empêcher de vous en témoi-
» gner publiquement mon chagrin. Je n'examine
» pas les motifs qui peuvent vous avoir engagé à
» vous permettre cette vive sortie contre un homme
» que vous aviez toujours respecté et chéri comme
» un maître, et dont je partageai, au 18 fructidor,
» l'honorable proscription. Je dois seulement
» vous répéter que mon estime et mon dévoue;

La préface de cette nouvelle satire est aussi curieuse que celle qui a précédé, dans laquelle on affirmoit que les Grecs n'avoient pas connu la satire, et que pour s'en convaincre, on avoit ouvert leur histoire, apparemment sans en lire un seul mot. On y trouve les mêmes idées sur l'importance de la satire, qui ont excité notre admiration.

M. Despaze commence par nous dire, que les préfaces longues ou courtes ont toujours *un inconvénient*. En ce cas-là, pourquoi en faire? Il eût été si facile de s'en garantir, et de nous sauver l'ennui d'une préface insignifiante à tous égards, pour ne rien dire de plus.

Ceci est naïf : *Il faut bon gré malgré, que l'auteur y parle de son travail.* Il est certain que s'il fait une préface, il faut qu'il y parle de quelque chose : et de qui parleroit-il, s'il ne parloit pas de son travail?

» ment pour lui, ainsi que mes principes, qui,
» depuis long-tems vous sont connus, me font un
» devoir de blâmer vos ressentimens, et de vous
» inviter à des affections plus douces et moins
» pénibles pour les autres et pour vous-même.

SICARD.

(Journal de Paris, 25 fructidor.) »

M. l'abbé Sicard designe ici M. de Laharpe.

Mais savez-vous ce qui l'engage *à tracer quelques lignes d'explication?* Le voici.

Mon ouvrage n'a pas de titre. Il eût été difficile de lui en donner un.

Le sujet que j'y traite est compliqué. Si compliqué, qu'après avoir lu cette satire, on ignore d'où l'auteur est parti, et où il est arrivé.

L'idée heureuse de ne point donner de titre à un ouvrage, n'est pas à dédaigner. On en voit tout de suite l'avantage et la commodité. Horace veut qu'on choisisse bien son sujet.

Cui lecta potenter erit res
Nec facundia deseret hunc, nec lucidus erdo.

M. Despaze, d'après son nouveau système, répond sans doute au poëte latin :

« J'ai trop de génie pour me renfermer dans
» un sujet quelconque, naturellement circons-
» crit. Je m'empare de toute la nature, et dans
» un ouvrage sans titre, personne ne trouvera
» étrange que je parle de Gluck et de Séjan,
» d'Horace et du tribunat, de Caton et de
» Molé, etc. etc.. »

C'est ce qu'il a fait avec une grâce admirable et voilà l'avantage de prendre la plume sans savoir ce qu'on écrira. Quelle supériorité n'a-t-on pas alors sur un auteur timoré, qui se renferme dans un sujet, et qui cherche le *lucidus erdo* d'Horace ?

Il n'existe dans notre langue aucune poétique de la satire. C'est encore ici comme l'histoire de la Grèce , qu'on se contente d'ouvrir. L'étude de la politique a sans doute absorbé la jeunesse de l'auteur , et l'a detourné de l'étude de son art. On a beaucoup écrit dans notre langue sur les différens genres de poésie ; tous ceux qui ont traité des belles-lettres, n'ont point négligé de parler de la satire, et des écrivains qui s'y sont distingués. Boileau en a parlé ; M. Rollin en a parlé ; plusieur jésuites habiles dans les beaux-arts qu'ils enseignoient à la jeunesse, en ont parlé. On a dit ce qu'on devoit dire ; et on a parlé de la satyre, non comme du poëme épique, de la tragédie et de la comédie , mais comme de l'églogue, de l'épître, de l'idylle, etc.

Mon étonnement eût été bien grand , je l'avoue, si l'auteur n'eût pas parlé de la politique, même dans son avant-propos. Il nous dit : *Qu'il est tout simple que la satire s'y permette quelques excursions.* On ne peut s'empêcher de remarquer ici la modestie de l'auteur , qui, après avoir été chef de brigade , dans le *Courrier de Paris , dans les Cinq-Hommes* et dans *le Fanal* (1), se met aujourd'hui dans les troupes légères, et se contente de faire des excursions. Chez une nation qui déraisonne depuis dix ans sur la politique, il se flatte de tout arranger, avec quelques vers alexandrins. Tout annonce l'ordre et la paix, sans doute; mais nous le devons au 18 brumaire, au traité de Lunéville, et aux négociations qui se continuent avec un secret qui charme tous les bons esprits.

Ceux qui n'ont pas lu cette préface, la trouveront toute entière dans ces mots: « Messieurs, » de tous les genres de poésie, le plus difficile » est la satire; la politique, qui est devenue *le*

---

(1) Un article de ce journal donna lieu à une controverse entre le journaliste et le citoyen L. B. M. Despaze annonçoit journellement une éternelle durée à la constitution, et une gloire immortelle à ses directeurs. Il regardoit avec pitié; *naso suspendebat adunco* ceux qui rioient de ses prophéties et de son ton absolu. Il traitoit L. B. de Jacobin; ce qui prouve une extrême sagacité. Celui-ci qui apprécioit ces choses et ces hommes, et qui savoit bien que rien de tout cela ne pouvoit durer, fouetta le journaliste très-rudement. On vit alors ce qu'est le génie qui prévoit, auprès d'un esprit sans or-

» *domaine de chacun* (1), le rond plus difficile
» encore : c'est le genre par excellence ; j'y ex-
» celle , ainsi concluez. »

« Ma muse *aguerrie*

» Combat pour les beaux - arts, les mœurs et la
» patrie (2). »

Hélas ! que va devenir la patrie , si le combat
est malheureux ?

A la fin de la page 12 , l'auteur apostrophe
les enfans de Juvénal. Il nous apprend ainsi qu'il
a des frères ; mais il nous trompe: soyez sûr
qu'il est fils unique et qu'il en est convaincu.
Dans cette tirade, un peu longue, il les exhorte à
poursuivre sans ménagement l'intrigue, le char-
latanisme, la cupidité , etc. , etc. , et à *rétablir
l'harmonie dans le monde moral, en fondant
leur genie sur l'amour du bien* (3).

───────────────────────────

dre, qui travaille au jour le jour, et pour complaire
aux puissances du moment.

(1) Avant-propos , pag. 6 , lig. 8.

(2) Satire , pag. 9.

(3) Dégagez ainsi presque tous les vers d'un
vain bruit , et vous verrez ce qui reste. *Fonder son
génie sur l'amour du bien ! Bone deus !*

Et puis, page 21, il nous annonce qu'il ne dira jamais rien de ses amis.

Sur eux, sur leurs travaux, je sais toujours me taire.

M. Despaze, qui s'arroge une si haute censure, et qui se donne pour être si utile *aux arts, aux mœurs et à la patrie*, ne fait pas attention qu'en s'exprimant ainsi, il ôte toute vertu à ses paroles présentes et à venir. Il est ainsi démontré: que quand M. Despaze fera une satire *littéraire, morale et politique*, ses amis pourront être des sots, des gueux et des brigands tout à leur aise. Quel étrange, et sur-tout quel utile prédicateur !

Nisas ne sait pas même en quel quartier j'habite.

. . . .

Banni de l'Hélicon, et sifflé par la ville,
Au sein du Tribunat va chercher un asile (1).

Cet asile du Tribunat a été recherché par d'autres, qui ne présentoient que des titres littéraires qui ne valoient pas la tragédie de *Montmorency*. *Qui habet aures audiendi, audiat* (2).

_____

(1) pag. 15.
(2) Les tribuns qui s'occupent de vers, de ro-

Ceci est plus sérieux. M. Despaze accuse ou-
vertement M. Esménard d'émigration, d'avoir
grossi le parti vaincu, et de se proclamer patriote. Il l'accuse de plus d'

Aborder le pouvoir, on ne sait trop comment (1).

Le Pouvoir sait sans doute pourquoi il se
laisse aborder, et il n'y a aucune nécessité
qu'un auteur satirique le sache. Voilà ce qu'il
lui reproche en vers; c'est bien autre chose en
prose : *Il a protesté de son civisme, pour
avoir un emploi.* Il seroit curieux de savoir
si on a entendu ou lu une pareille protestation.
Patriote, civisme ; où en sommes-nous! On
voit bien que l'auteur laisse échapper malgré
lui des regrets vers les tems heureux pen-

----

mans, etc. etc., sont assez nombreux. Leurs
compagnons se sont agités en si grand nombre,
qu'ils ont excité la risée du public et des sénateurs.
Une représentation nationale, quelque titre qu'on
lui donne, ne doit se composer que de grands pro-
priétaires des divers départemens, intéressés au
territoire, et par conséquent attachés au gouver-
nement, comme chez les Anglais.

(1) Pag. 15

dant lesquels il écrivoit les *Cinq-Hommes*, et le *Fanal*.

Au reste, il faut laisser au public le soin d'apprécier une inculpation de cette nature, qu'aucun correctif ne peut adoucir. On remarquera seulement que les contradictions ne coûtent rien à ces grands réformateurs de la morale, de la politique et des mœurs. Douze vers après celui que nous avons cité, M. Despaze s'appitoye sur les malheurs de ces victimes qui vont tendre la main aux portes du château que leurs aïeux ont bâti (1). Ou M. Esménard est innocent, ou il est coupable. Dans le premier cas, le reproche qu'on lui fait est injuste ; dans le second cas . . . .

Je ne connois point M. Esménard ; je n'ai jamais lu ses poésies, parce que mes occupations ne me permettent plus de m'occuper des ouvrages dans le genre des siens ; mais, ainsi que tous ceux qui ne les connoîtront pas, je ne peux me former une mauvaise idée de leur mérite, d'après cette satire, que je n'aurois pas lue si elle ne m'avoit pas été adressée par vous.

_____

(1) *Idem.*

L'auteur ne prend pas même le soin de cacher les motifs de son ire poétique ; il dit du mal, en prose, de M. Esménard (1) : parce qu'il est revenu de Hambourg ; parce qu'il a protesté de son civisme, pour obtenir un emploi ; parce qu'il est chef du bureau des théâtres . . . . parce qu'il a prétendu dicter des lois à la littérature (2). Il ajoute naïvement : *Voilà ce que je ne saurois lui pardonner.* Il dit du mal de M. Esménard, en vers (3) : parce qu'il a récité une ode pendant un souper , dans une fête chez un ministre , et parce que lui Despaze a remarqué sur le visage d'un illustre convive, que cette ode lui causoit de l'ennui. On peut juger si les convenances sociales ne sont point ici blessées, et s'il peut être permis d'interpréter la joie ou la tristesse d'un convive , et de quel convive ! pour en faire part au public, dans

---

(1) Pag. 29.

(2) Il n'est au pouvoir de personne de dicter des lois dans la république des lettres. M. Despaze parle vraisemblablement ici des places briguées par certains littérateurs. Si on les refuse, c'est qu'ils demandent ; si on les fait reculer, c'est qu'ils avancent.

des vers de douze syllabes. Si on eût prévu cette
indiscrétion, pour ne rien dire de plus, il est
douteux que l'auteur eût reçu un billet d'invi-
tation.

M. Despaze, qui prend tout ceci pour des es-
piégleries, se compare ensuite à un chat ;

Au chat vif et *lutin*, qui joue avec sa proie.

On dit, c'est un lutin ; c'est-à-dire, il res-
semble à un lutin. Lafontaine dit, d'une vieille
femme attentive à réveiller ses servantes,
qu'elle

Couroit comme un lutin, par toute sa demeure.

C'est la première fois qu'on s'avise de faire un
adjectif de lutin.

Je ne relève cette faute contre le langage,
que par occasion ; ce n'est pas de quoi il s'agit
ici. Il seroit à désirer, pour M. Despaze, qu'il
n'y eût que des fautes de style dans ce qu'il a
dit si inconsidérément de M. Esménard, et de
l'estimable auteur de la tragédie d'*Agamem-
non.*

J'ai trouvé, en parcourant cette satire, quelques vers assez bien tournés ; mais j'y remar-

qué un ton avantageux et tranchant, qui ne
prévient pas en faveur de l'auteur.

Par exemple, lorsqu'il dit, en parlant à M.
l'abbé Sicard :

>   et tu crains qu'une rime
> Érige sous ma main leur exemple en maxime.

Il s'agit d'Horace et de Juvénal. Assurément,
M. l'abbé Sicard a trop de discernement et de
goût, pour avoir jamais conçu de pareilles
craintes, et pour penser que M. Despaze peut
être le complément de ces deux grands poètes.

Cet ouvrage est rempli d'images incohé-
rentes, qui sont telles par l'expression ou par
le sens.

> La Satire .... tonne pour les Dieux.

Les Dieux n'ont jamais eu besoin d'un pareil
tonnerre. L'auteur a voulu dire, *au défaut des
Dieux.*

> Mais de Lille parut : il peignit les moissons ;
> Il arracha la palme au chantre des saisons.

M. l'abbé de Lille a sa palme, et M. de Saint-
Lambert a la sienne. Ces deux grands écrivains,

qui s'aiment et qui s'estiment , n'ont jamais
songé à se rien *arracher.* Ils jouissent l'un et
l'autre de l'amour et de la reconnoissance de
tous les amateurs éclairés des belles-lettres et
des arts. Au moment où on caresse un homme,
est-il nécessaire de mordre son voisin ?

En imprimant leur nom , je les imprimerai (1).

Que veut dire *imprimer un homme?* Lorsque je rencontrerai M. de Laharpe, je lui di-
rai : M. Despaze vous a *imprimé.* Je crains
bien que le censeur sévère , qui n'aura peut-
être pas lu la satire , ne me demande ce que je
veux dire ; et si je parle français (2).

M. Despaze mérite cependant un compli-

---

(1) Pag. 19.

(2) M. Despaze est dans une grande colère contre
M. de Laharpe , parce que , dans une note de sa
correspondance avec le prince héréditaire de Rus-
sie , imprimée nouvellement , il trouve étrange
qu'après avoir prodigué des louanges excessives
aux ci - devant directeurs de notre république ,
M. Despaze s'annonce pour le défenseur de la morale . dans de *plates satires.* Ce sont ses expressions.
Indè irâ.

ment, il n'est pas incorrigible sur tous les points. Il avoit parlé dans ses précédentes satires, de certaines ordures, dont la peinture est plus propre à corrompre les mœurs qu'à les corriger. On ne voit point dans son nouvel écrit, de ces dames qui *emprunient le secours d'un stratagéme affreux*, ni de celles

Qui sur leur propre sexe exercent leur ravage.

C'est avec plaisir qu'on ne rencontre plus ce jeune homme qui

> Part *sans craindre rien*,
> Et pour comble d'horreur qui trouve un Adrien.

Sans craindre rien. Quelle grâce ! quelle expression heureuse ! Comme elle peint bien ce jeune homme qui est intrépide ; mais qui ne l'est pas en face et par raison.

Si M. Despaze croit, par la crainte de se voir injurier dans ses ouvrages, arrêter dans certains hommes l'expression de la vérité, il se trompe grossièrement. Les gens sages savent apprécier les faiseurs de satires et leurs misérables quolibets. On ne voit dans toutes leurs productions, lorsqu'on daigne y jeter un coup d'œil fugitif, que l'expression mal-honnête de leur méchanceté, de leur jalousie et de toutes leurs petites passions. Les désagrémens qu'ils ne peuvent manquer d'éprouver, finissent par empoisonner leur vie, par aigrir leur esprit, et par étouffer même en eux le germe de leur talent.

Les éloges et les injures de tous ces messieurs ne signifient rien. Voyez Boileau lui-même :

.. à moins d'être au rang d'Horace et de Voiture,
On rampe dans la fange avec l'abbé de Pure.

Qui s'occupe de Voituré ?

Si je pense exprimer un auteur sans défaut,
La raison dit Virgile et la rime Quinaut.

Qui n'a pas dans sa bibliothèque, ou plutôt dans sa mémoire, les vers charmans du peintre heureux d'*Armide*, d'*Atis* et de *Roland* ?

Voyez de nos jours M. Gilbert, né avec un talent pour la versification, si prodigieusement supérieur à celui de nos poëtes qui cherchent à l'imiter. Il a injurié Voltaire, Thomas et d'Alembert : quel tort ont fait ces rimes à Voltaire, à Thomas et à d'Alembert ? Nous avons vu ce malheureux jeune homme, jauno de bile et de rage, et les yeux égarés, demander et recevoir l'aumône dans l'antichambre de l'archevêque de Paris, pour prix de ses calomnies contre les premiers esprits de notre tems. Il a vécu méprisé, et il est mort fou (1).

On n'a pardonné à Boileau ses satires et ses méchancetés, qu'en faveur de son *Art poétique* et de ses belles épîtres qui l'ont immortalisé. Si M. Despaze se présente dans la suite avec des titres équivalens, le public lui donnera la même absolution.

Je vous salue.

Nota. Celui qui a reçu cette Lettre, a cru devoir la faire imprimer.

---

(1) Gilbert, agité par ses craintes et par ses remords, avala une clef et mourut dans d'horribles convulsions.

De l'Imprimerie de DESVAUX, rue du Colombier, n°. 56.

www.ingramcontent.com/pod-product-compliance
Lightning Source LLC
Chambersburg PA
CBHW061517170626
46811CB00004B/1758